# 生きてるってどういうこと？

詩 谷川俊太郎　絵 宮内ヨシオ

光文社

生きているということ
いま生きているということ
鳥ははばたくということ
海はとどろくということ
かたつむりははうということ
YOSHIO MIYAUCHI 2024

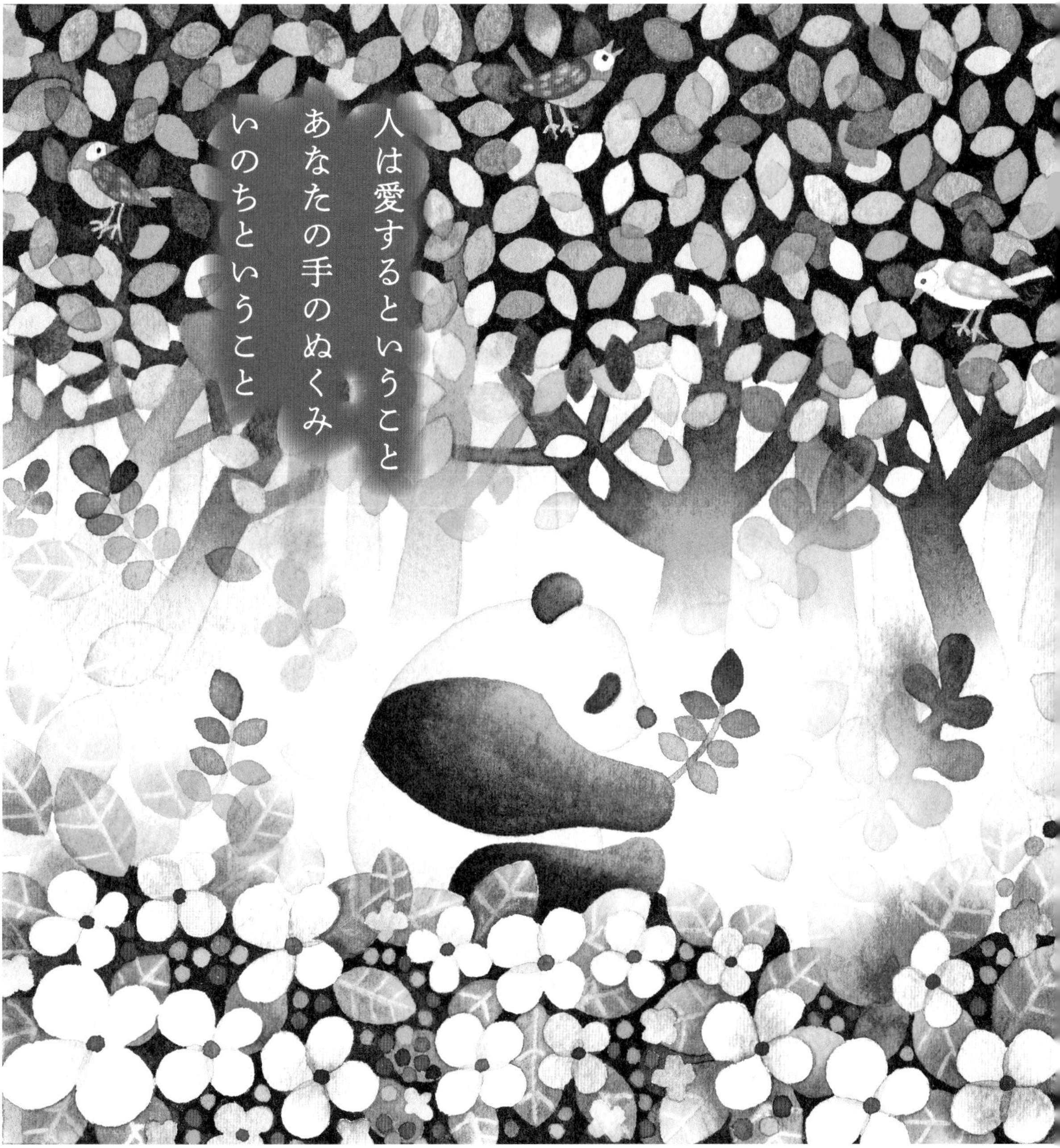

人は愛するということ
あなたの手のぬくみ
いのちということ

生きる『うつむく青年　詩集』
（サンリオ）より

考えて考え抜いて
いのち　明日へ向かう
抱きしめて抱きしめられて
いのち　明日を創る

『東北文教大学短期大学部
開学50周年記念詩集
母のまなざし　父のひとこと』
（東北文教大学）より

YOSHIO
MIYAUCHI
2022

ほんとうの宝は
日々の暮らしの中にひそむ
四季のめぐりの自然にまぎれている
湖の水の源から海までの流れに沿って
どんな気持ちが生まれるだろうか
どんな宝が見つかるだろうか

ほんとうの宝（子どもの環境・経済教育研究室）より

YOSHIO MIYAUCHI
2022

世界が私を愛してくれるので
（むごい仕方でまた時に
やさしい仕方で）
私はいつまでも孤りでいられる

62『62のソネット』（創元社）より

YOSHIOMIYAUCHI 2021

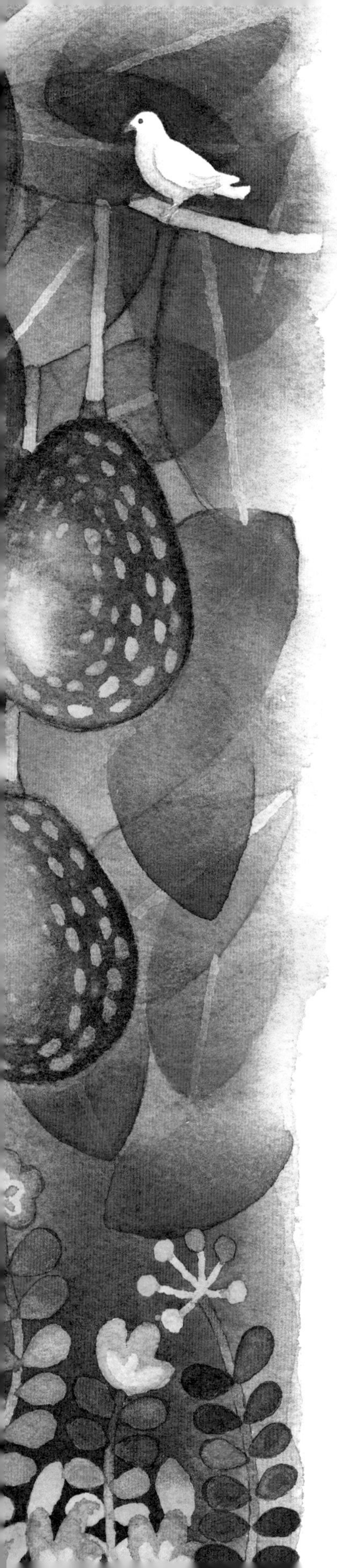

絶望からしか
本当の現実は見えない
本当の希望は生まれない
君はいま出発点に立っている

絶望『こころ』（朝日新聞出版）より

自分をはぐくむのは難しい
自分を枯らすのは簡単だ

あなたを導くのは
ほかでもないあなた自身
あなたはあなた自身を超えていく
自分を発見し続けることで

自分を大切に見つめたい
今日も明日もいつまでも

自分をはぐくむ『すこやかに　おだやかに　しなやかに』（佼成出版社）より

あなたはひとり　ただひとり
かけがえのないいのちを生きて

ひとり『谷川俊太郎　歌の本』（講談社）より

目の前にいなくても、
その人がいると思うだけで
幸せになれる、
そんな「その人」が
いるのは幸せだ。

『幸せについて』（ナナロク社）より

YOSHIO
MIYAUC
2021

幸せはいつだってささやかなものだってこと
不幸せはいつだってささやかなんてものじゃ
すまないってこと

足し算と引き算『真っ白でいるよりも』（集英社）より

YOSHIO
MIYAUCHI
2022

何にもまして幸せなのは
かたわらにひとりのひとがいて
いつでも好きなときに
その手に触れることができるということ

足し算と引き算『真っ白でいるよりも』(集英社)より

なんにもないのに
なにもかもある
それこそ私の最大の贈り物
それを私は愛と呼ぶのだ

足し算と引き算『真っ白でいるよりも』（集英社）より

YOSHI MIYAUCHI 2022

にんげんはなにかをしなくてはいけないのか
はなはただいているだけなのに
それだけでいきているのに

はな『はだか』（筑摩書房）より

なにかをうつくしいとおもうと、
わたしたちはそれがすきになる。
なにかをうつくしいとおもうとき、
わたしたちはうれしい。
うつくしいものは、わたしたちのなかに、
いきてゆくちからをうみだす。

うつくしい！
『ブリタニカ絵本館　ピコモス25　うつくしい！』
（日本ブリタニカ）より

あい　はるかな過去を忘れないこと
愛　見えない未来を信じること
あい　くりかえしくりかえし考えること
愛　いのちをかけて生きること

あい『みんなやわらかい』(大日本図書)より

YOSHIO
MIYAUCHI
2020

時を恐れないでほしい
できたら
からだの枯れるときは
魂の実るとき
時計では刻めない時間を生きて
目に見えぬものを信じて
情報の渦巻く海から
ひとしずくの知恵をすくい取り
猫のようにくつろいで

できたら『詩の本』（集英社）より

YOSHIO
MIYAUCHI
2022

ただ立っていること
ふるさとの星の上に
ただ歩くこと　陽をあびて
ただ生きること　今日を

ひとつのいのちであること
人とともに　鳥やけものとともに
草木とともに　星々とともに
息深く　息長く

ただいのちであることの
そのありがたさに　へりくだる

ただ生きる『詩の本』（集英社）より

YOSHIO
MIYAUC
2021

ときどき思う、
死んでからヒトは、
生きていたことが、
生きているだけで
どんなに幸せだったか
悟るんじゃないかって。

『幸せについて』(ナナロク社)より

YOSHIO
MIYAUCH

生きているってこういうことなんだ
さびしい自分　不安な自分
でも何かを待ってる自分
もどかしい自分
そういう自分をみつめる自分

もどかしい自分『子どもたちの遺言』（佼成出版社）より

P6-7
『小船に乗って』
2022年作

P4-5
『黄色と紫色の春』
2022年作

P2-3
『生きているということ』
2024年作

P12-13
『ふわり・ふわり・ふわり』
2018年作

P10-11
『静かな夜に』
2021年作

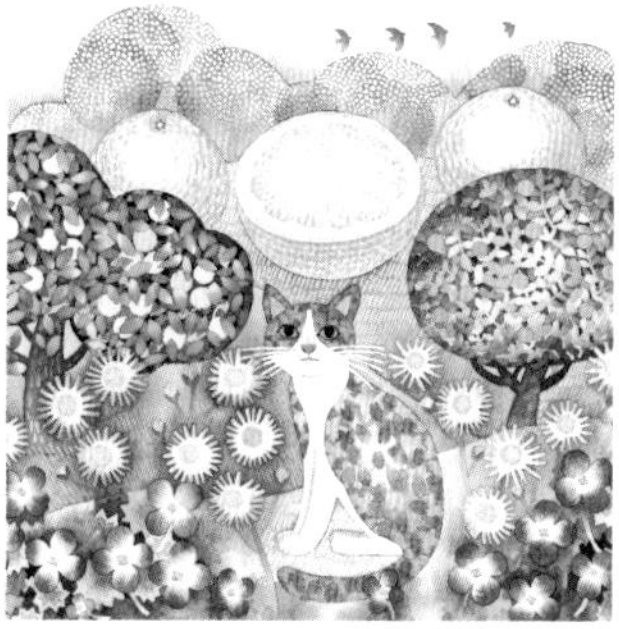

P8-9
『四月に思い出すこと』
2021年作

P18-19
『ひとつぶ落としましたよー』
2022年作

P16-17
『雨上がり　桜桃の木の下で』
2021年作

P14-15
『青紫色の実　14日間の記憶』
2020年作

P24-25
『そらは　ももいろ』
2020年作

P22-23
『アオパパイヤの木の下で』
2022年作

P20-21
『ひみつのもり』
2018年作

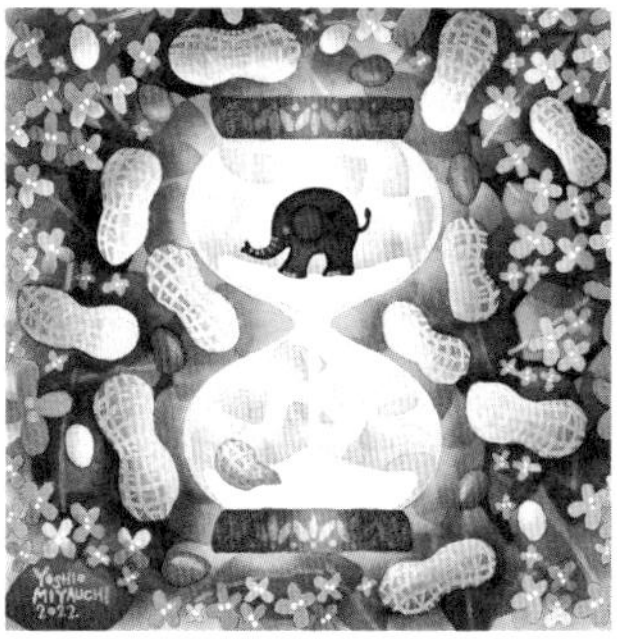

P30-31
『らっかせいと
きんもくせいの時間』
2022年作

P28-29
『月光の下でささやく』
2020年作

P26-27
『秋の一日』
2021年作

P36-37
『冬の色彩を集めて　空を見上げる』
2019年作

P34-35
『銀杏の池に浮かぶ』
2020年作

P32-33
『夕方の光を切り取って帰り路』
2021年作

「92歳の谷川俊太郎がいま、思うこと」

いまの混沌とした時代についてどう思うか、聞かれることがあるんだけど、僕の場合は、小さいときから戦争が始まっていて、小学生から中学生にかけて東京が空襲されて焼け野原になったりしているのを目の当たりにしてきたんですよ。戦争のリアリティというのを割と小さい頃から知っていたんですね。だから、いま、ウクライナとロシアが戦争しているということも、当たり前のことのようにして見ちゃうんです。

やっぱり戦争は嫌なんだけれど、これはもう、人間の運命というか、宿命みたいなもので、いくら未来になっても戦争は終わらないだろうという感じを持っていますね。

一種の諦めのようなものなのだけれど、そこにあるリアルな感じというのを持っていたほうがいいのではないかと思います。人間はやっぱり争うからね。勝負事が結構好きでしょう?

だから、割と、いろんな事件が起こっても、もう平気になっちゃいましたね、年取ったら。

年寄りは、若い人と違って、全然発想が変わるんですよ。だから、諦めてもいいとか、絶望してもいいとか、そういうマイナスの価値が自分でもありのままに認められるようになったというところがありますよね。

言ってみればすごく自由になっていて、自分が感じることは全部リアリティがあるんだと思うようになって、あんまり、こういうふうに感じちゃいけないとか、こんなことを思っちゃいけないとか、というふうにはなってなくて、「何でもありだ」という感じになってますね、今や。

この本は、自然をテーマにした絵に、詩を組み合わせているけど、僕は子供のころから自然に触れて生きてきて、それが詩にも大きな影響を与えていると感じています。自然というのは自分の創作の原動力になっているんですよね。言葉の世界というのは一種人工的でしょう。どうしても、その言葉の世界のもとにある芸術というのに触れたくなるんですが、それが究極的には自然なんですよね。だから、やはり、東京にいるだけじゃなくて、ときどき自然の中に出たくなったりしましたね。

詩を作るときに、シチュエーションから設定するのか？っていうことについては、詩にも何かストーリー性が出てくるんですけど、それが第一に必要なんじゃなくて、その詩が持っているイメージが読む人の心を触発するというのが大事だと思っているんです。絵には見てくれた人に委ねるっていう部分があると思うんだけど、詩も本当にそうですね。想像力を働かせるという点では絵と詩は似ていますね。言葉から絵が出てくることもあると思いますが、逆に、絵から文字というか言葉が出てくるというのはよく感じますし。

言葉の持っている具体性というのかな、絵の具体性とまた違うんですけどね。そういう具体性みたいなものを抽象的な言葉から引き出そうとして書いていますね。

僕は若い頃から、来る仕事で、自分ができそうな仕事は全部受けていたんです。何しろ、大学にも行ってないし、手に職もないし、とにかく食っていかなきゃいけなかったから。

そういうわけで、例えば歌詞を書くとか、誰かのイラストに言葉を書くとか、自分とは違うジャンルの仕事っていうのをいっぱいやってきているわけ。それが結構、自分のエネルギーになっていたんですね。一人でやるのではなく、いろんな人とやるということが。

それは本当に、自分じゃなくて、他の人のおかげで今までやってきたという気持ちはすごくありますね。

だから結構、合作のほうが力を得るというか、エネルギーが湧くことが多かったりするんですよ。自分にないものが出てくると、自分の中からまた何か出てくるんですよね、一人でやるよりも。

ほかのジャンルの作品を見せてもらって、そこから自分の中の何かが湧いてくるということがありますからね。

僕は、これからあと何年やるか分かんないですけど、今まで経験したことのない何かが感じられるといいなというのは思います。だから、もう九十歳を超えていればほとんど時間はないわけだけど、やっぱり、前からの経験じゃなくて、何か新しい、九十歳を超えたからこそ感じるものがあるだろうと思うのね。それをなんらかの形で言葉にしたり表現したいとは思うんだけど、これも結構難しいんですよ。何か自然に降りてくるとか、湧いてくるとか、やっぱり自然とのつながりって、年を取れば取るほど強くなりますね。

タイトルについて出版社から相談を受けたんだけど、当初、二案あって、「生きてるってそういうこと」「生きてるってどういうこと?」というのがあったのね。それで、やっぱり「生きてるってどういうこと？」という疑問形のほうが、動きがあっておもしろいなと思って。
「生きてるってそういうこと」と言っちゃうと、何かその絵本を固定しちゃいそうですよね。「どういうこと？」って疑問形になっていると、読者の心の中で動くものがあるから、疑問形のほうが題名としてはいいと思いました。これも、読者に想像力を働かせるという方向につながるような気がしますね。

谷川俊太郎

二〇二四年三月

※こちらのあとがきは、談話をもとに作成したものです。
※本書掲載の詩については、一部を抜粋しています。

谷川俊太郎《たにかわしゅんたろう》

1931年、東京生まれ。詩人。1952年『二十億光年の孤独』でデビュー。『マザー・グースのうた』で日本翻訳文化賞を受賞。その後、数多くの賞を受賞する。詩作のほか、『ピーナッツ』の翻訳や、絵本、童話、脚本、作詞などさまざまな分野で活躍。近著に『虚空へ』（新潮社）がある。

宮内《みやうち》ヨシオ

1964年、東京都出身。イラストレーター。多摩美術大学 美術学部 デザイン科 染織デザイン専攻卒。
透明水彩絵の具を使用し、「あたたかい物語の世界」を表現、制作している。ファイザー製薬、伊勢丹などの企業カレンダーや、NHK Eテレ『いないいないばあっ！』の歌のアニメーションなどを手掛ける。

生《い》きてるってどういうこと？

2024年 4 月20日 初版1刷発行
2024年12月20日　第6刷発行

著　者　谷川俊太郎　宮内ヨシオ
発行者　内野成礼
発行所　株式会社 光文社
〒112-8011　東京都文京区音羽1-16-6
電話　編集部　03-5395-8270
書籍販売部　03-5395-8112
制作部　03-5395-8128
メール kikaku@kobunsha.com
落丁本・乱丁本は制作部へご連絡くだされば、お取り替えいたします。
印刷所　堀内印刷
製本所　ナショナル製本
ブックデザイン　名久井直子

 ISBN978-4-334-10270-8

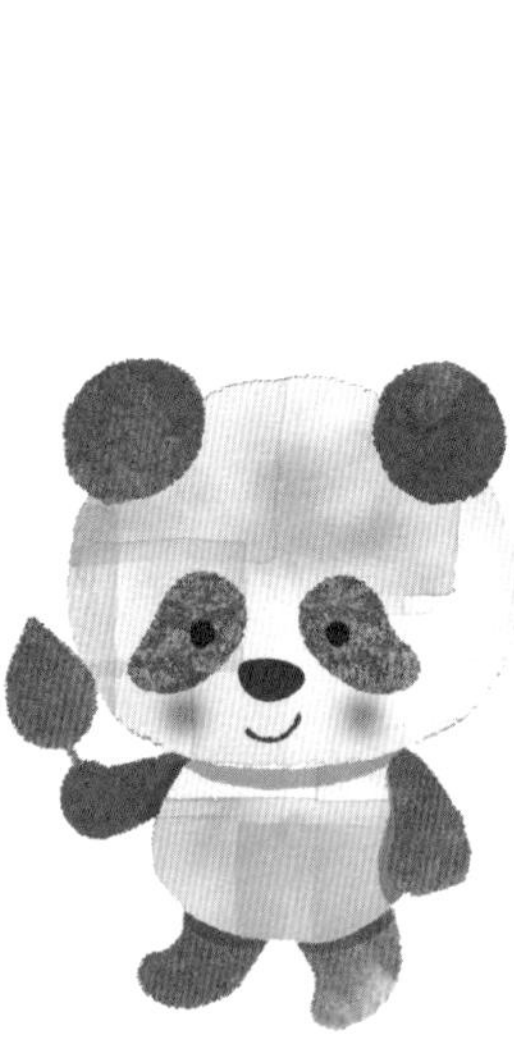